SIMÓN EL TIBURÓN

BRUCE HALE   ILUSTRADO POR **GUY FRANCIS**

SCHOLASTIC INC.

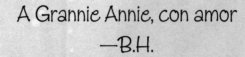

A Grannie Annie, con amor
—B.H.

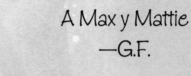

A Max y Mattie
—G.F.

Originally published in English by HarperCollins Children's Books as *Clark the Shark*

Translated by J.P. Lombana

ISBN 978-0-545-74105-7

12 11 10 9 8 7 6 5 4 3 2   14 15 16 17 18 19/0

Printed in the U.S.A.   40
First Scholastic Spanish printing, September 2014

Book design by John Sazaklis

En todo el ancho mar, en todo el mar azul, no había ninguna escuela mejor que la Escuela Primaria Teófilo Pezgallo. Y de todos los peces de la escuela, el más grande y fuerte era Simón el Tiburón.

Simón amaba la escuela y amaba a su maestra, la Srta. Tinta.
Amaba jugar al sube y baja y a la rueda rueda con sus amigos.
Simón *amaba* su vida.

—¡LA ESCUELA ES FENOMENAL!

—gritó Simón el Tiburón.

—Menos gritos y más lectura —dijo la Srta. Tinta.

—¡EL ALMUERZO ES SABROSO!

—aulló Simón el Tiburón.

—Cómete solo *tu* almuerzo —le dijo
su mejor amigo, José Verdel.

—¡EL RECREO ES GENIAL!

—bufó Simón el Tiburón.

—¡No seas tan brusco, Simón!

—dijeron los otros chicos.

Sí, Simón amaba su vida con todo su corazón de tiburón.

Pero lo amaba todo *demasiado*.

Era muy ruidoso.

Era muy alocado.

Era simplemente demasiado tiburón para los otros peces.

Después de un tiempo, nadie quería jugar con Simón. Nadie almorzaba con él. Nadie se sentaba a su lado. Incluso su mejor amigo, José Verdel, le dijo:

—¡Cálmate, Simón! ¡Me estás volviendo loco!

—¿Qué les pasa a todos? —le preguntó un día Simón a la Srta. Tinta.

—Simón —dijo la Srta. Tinta dándole unas palmaditas en la aleta—, a veces juegas con muchas ganas, masticas con muchas ganas y, caray, hasta ayudas con muchas ganas.

—¡Pero es que la vida es MUY emocionante! —dijo Simón.

—Hay un momento para cada cosa —dijo la Srta. Tinta—.
A veces, lo más adecuado es *estar calmado*.

¡ESTAR CALMADO!

En el recreo, Simón intentó estar calmado, pero
empujó el columpio con mucha fuerza.

—Perdón —dijo Simón—. Se me olvidó.

—¡Ay! —gritó José Verdel.

Durante el almuerzo, Simón intentó estar calmado,
pero todo olía tan rico que se comió un montón de almuerzos.
—Perdón —dijo Simón—. Se me olvidó.
—¡Tenemos HAMBRE! —dijeron sus amigos.

En el salón, Simón intentó estar calmado, pero un buen libro lo alborotó.

—¡Ya, Simón! —dijo la Srta. Tinta—. Este no es un buen momento para hacer ruido. Dime, ¿qué es lo más adecuado?

—Estar calmado —dijo Simón—. ¡Oye, eso rima!

Una gran idea pasó por la cabeza de tiburón de Simón.

"Tal vez si una rima invento, la recordaré en todo momento", pensó.

Al día siguiente, puso manos a la obra.

En el salón, cuando las lecciones se pusieron interesantes,
Simón quiso saltar de su puesto.

Pero en lugar de hacerlo, se dijo: "Cuando la maestra habla,
no se salta".

¿Y sabes qué? ¡Funcionó!

—¡Así se hace, Simón! —dijo la Srta. Tinta.

—¡Las lecciones son divertidas! —dijo Simón sonriendo.

A la hora del almuerzo, todo olía *muy* rico. A Simón le dieron ganas de comer y comer y nunca parar, pero se dijo: "Espera, espera, solo come de tu lonchera".

¡Y volvió a funcionar!

—¡Así se hace, Simón! —dijeron sus amigos.

—El almuerzo es divertido —dijo Simón.

Durante el recreo, Simón se dijo: "Con calma. Sin exagerar. Así mis amigos me invitarán a jugar".

Y el recreo fue muy divertido. Simón volvió a amar su vida.

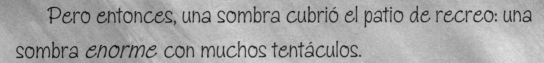

Pero entonces, una sombra cubrió el patio de recreo: una sombra *enorme* con muchos tentáculos.

—Es un chico nuevo, ¡y parece aterrador! —gritó José Verdel—. ¡Sálvese quien pueda!

El calamar aplastó el tobogán y desbarató los columpios.

—Ay, lo siento —dijo el chico nuevo.

—Esperen —dijo Simón—. No nos quiere asustar. ¡Solo quiere jugar!

Simón nadó hacia el chico nuevo con todas sus fuerzas. Simón jugó al sube y baja y a la rueda rueda con más ganas que nunca.

Y hasta inventó un nuevo juego: ¡Aleteo sincronizado!

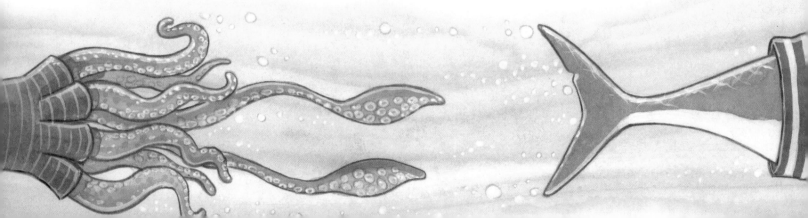

—Vaya, eso fue divertido —dijo el chico nuevo casi sin aliento, y se sentó.

—Jugar es la primera parte —dijo Simón—. Después, debes saber calmarte.

—Así es, Simón —dijo la Srta. Tinta—. Y gracias por darle la bienvenida a nuestro nuevo compañero, Omar el Calamar.

—¡Tres hurras por Simón el Tiburón! —gritaron todos.

Esa noche, la mamá de Simón le preguntó:

—¿Qué aprendiste hoy en la escuela, mi amor?

—Que hay un momento para cada cosa —dijo Simón—. A veces hay que estar calmado.

—Pero otras veces, los tiburones debemos hacer lo que más nos gusta hacer.